CÍRCULO *Luna Parque*
DE POEMAS *Fósforo*

A ilha das afeições

Patrícia Lino

ou
A geografia difícil
ou
Duas Pirras sem Deucalião
ou
O grande mapa das regiões idiossincráticas do afeto
ou
Ostras e monstras
ou
Patrícia Lino e seus poemas náugrafos
ou
Um pedaço de terra num pedaço de mar
ou
Mapeamento semirrigoroso das lágrimas
ou
Ando lindíssima contigo no invisível
ou
Musa cachaceira
ou
A minha língua, portuguesa

São loucas
São loucas

                        Amália n'"O Barco Negro"

Kvitt kvitt Kvitt kvitt Kvitt kvitt
Piju piju Piju piju Piju piju Piju piju
Ouik ouik ouik ouik Piu Ouik ouik
Chick chirik Chick chirik Jick jick
Zi zi zi zi zi zi zi zi zi zi zi zi zi zi zi
Chick chirik Piu piu Chip chip chip
Piep piep Cui Piep piep Piep piep
Churulic churulic Churulic churulic

        d'*O Grande Idioma dos Passarinhos*

[PRÓLOGO]
11 Uma história muito diferente

[INÍCIO]
12 Duas mulheres chegam ao mesmo país

[EXPLICAÇÃO]
13 E este país aonde chegam é imaginário
14 O meu coração é o mapa pulsante

[CARTOGRAFIA]
A ILHA DAS AFEIÇÕES
17 Serra do Elóquio
18 Praia das Ostras
20 Jardim das Musas
22 Penedo da Saudade
23 Nossa Senhora do Convívio
24 Pico das Incertezas

25 [EPÍLOGO]

*para Jasmin, Tibiriçá, e Ester e Laís e Miriã,
para Thaís que ama Mariana, Anaís que ama Júlia,
e Jacy, Zezé e Mariá também*

[PRÓLOGO]
Uma história muito diferente

Mais não peço que o canto, porque vim
para cantar, e a paciência de quem aguarda
debruçada na cidade, o teu cheiro
a sobrevoar a pia e o fogão: escuta, tu
que me chegaste com o peso da alegria
não me bateste ainda à porta, de camisa
abotoada até ao alto, tímida e sorridente
para dizer-me que o amor seria um salto

português. Se não és tu, quem me pode
importar? Sabes, porque chegas cantando
que não se regressa de um amor sem data.
Eu também o sei, porque te conheci ao alinhar
com as tuas o voo de ambas as mãos, e a ti
que passas contente o café junto à gata
catando pequenas vitórias no espaço
disse: se vim de séculos para querer-te por mais

quando irás, então, bater-me à porta, a medir
com os polegares o tamanho do meu sorriso grande
teu por direito, para querer-me por outros mais
ainda? O nosso ofício, afinal, por entre a crueza
e o desbande. Firmar afetos com a boca: achar
meninas que somos, a reconciliação espiral
com o mundo: falo-te rouca e devagar segundo
o início estreito a abrir-se para nós como a manhã

E guardo para ti o meu coração antigo

[INÍCIO]
Duas mulheres chegam ao mesmo país

A despeito da miopia e, claro, mais do que tudo
da distração, já dizia, a interromper-me o estudo
Dona Conceição que vivo devagarinho e aluada
sem óculo ou aviso, como quem prevê a pontada
da flecha a dilatar luminosa o desejo e as pupilas
pude ver-te e escutar teu nome: tem duas sílabas
oxítono, e lembra a provocação das crianças, na
na ni na ná, de dedos esvoaçantes, língua franca
-mente para fora e polegares nas bochechas. Olá

chamo-me Patrícia e, se me deixas, vou ficar aqui
à espera que me encontres. Na na ni na ná. Aqui
que o amor começa onde tu começas, com os pés
sobre a terra, a devorar o verbo, a sombra e a boca
que sabe à tua boca, os livros, de Adília a Rabelais
(estarei, estarei louca), em tudo e nada um canto
de sereia que, contam as velhas, dá tão-só sentido
ao sentido, e ah, assim me espanto por estar viva
(quê sei lá, sei lá onde pus a chave, tranquei-me
cá fora, que país é este, diabos, não sei, e agora)

E é então que me vês às voltas, revirando os trapos
e te perguntas: quem será, quem será esta mulher
que espera e endoidece? E eu, que não me lembro
como vim aqui ter? Que país é este, como escapo
oh, sei lá onde pus a chave. (Patrícia, três sílabas
em ditongo crescente, quando te olho, as pupilas
dilatam-se, e ah, quero pôr-te as mãos na cintura)
Estarei, estarei doente (repara como se mistura
o tempo no tempo, e vou ficar aqui contigo). Olá

[EXPLICAÇÃO]
E este país aonde chegam é imaginário

porque há amores que são como países de imaginação
e essencialmente porque as mulheres vivem longe uma
da outra. A esta ilha, onde se fala o grande idioma
dos passarinhos, chegam, como rouxinóis delicadas
aéreas, desnudas e lindas. E fazem, sob cobertas e lençóis
entre muitos beijinhos, promessas mudas e elevadas
num tempo sem tempo, deus, escadas ou automóveis
como duas Pirras sem Deucalião a arremessar os sonhos
para trás, ou não mais que duas rainhas tortas.

Cada partícula deste país novo é o país inteiro e aqui
onde cachalotes flutuam num céu aquático
e onde aos pinotes vêm atrevidos os pardais debicar
o miolo ardente e suspenso dos medronhos
não existem portas nem a falta batente do punho
na matéria. A ilha das afeições não consta
na Enciclopédia Planetária das Ilhas. E se constasse
como grafariam os especialistas o testemunho
das formigas, dos cedros e dos galiões?

O meu coração é o mapa pulsante

desta terra imaginária que imaginei para que a
                              [imaginemos as duas
e onde te estudo a coser o trajeto no espaço: para desenhar
com a agulha o começo ondular do sobressalto, e os teus
                              [cabelos
que são garotos despertos e metamórficos na idade de crer
                              [alto
metem-se como dedos por entre as minhas mãos pálidas e
                              [tontas
à roda das ideias claras com que me olhas. És muito bonita e

com um braço
apontas para o meu seio.

Não te conheço e conheço-te. É por ti
que venho fazendo
estas coisas que são coisas limpas.

[CARTOGRAFIA]
A ILHA DAS AFEIÇÕES

Serra do Elóquio

— Eu era uma e agora sou outra. Ando às palavras
como quem colhe fruta madura, e vim aqui ter
para querer-te: conhecer-te é um dia de primavera
a estirar-se ao comprido sobre a grama. Pareço
olha para mim, um corpo vivo a espantar-se
por ter a vida dentro. Não sou de cá nem de lá
e canto, com pés e braços, como se tudo dependesse
do canto, e canto como se tudo antecedesse
a falta. Venho de muito longe, não sei se regresso
e gosto tanto de estar aqui contigo como gosto de cantar

e do café. Não tenho pressa, e sorrio-te com os olhos
a encolherem-se por cima da chávena vermelha. Olá.
Sorris-me de volta e és feita de luz e de canções. Como será
dar inteiro o torso ao teu abraço e tirar os sapatos
no parque? Dispor a cabeça horizontal no teu regaço
e adormecer? Encontrar nas histórias que contas
o que arde, e precipitar-me de repente para a cama
com intenções de beijar-te? Como será, aliás
cair para a tua boca como se cai para um acidente
e desaparecer, como desaparecem os gatos?

Praia das Ostras

> *an oyster is an oyster is an oyster is an oyster is*
> *an oyster is an oyster is an oyster is an oyster is*
> Gertrude Stein

1.
Pousar os joelhos sobre a areia
abrir-te: entrar

Treze estrondos ofegantes

Acredito tanto na minha língua
como na língua
portuguesa

Corte

Nada

Então os olhos

A manhã, a exaustão

Tu
mulher impressionante de pé

Meu gozo suicida
Meu gozo sapatão

2.
Dizer-te que te quero quero quero
que sou uma criança triste e rápida
que isso pesa

que não há nome nem gramática
nem inferno, guindaste ou estalo
que me valham

E dizer-te que espero espero espero
de cavalo, bicicleta ou nave espacial
pelas coisas divinas que me sussurraste

entre as coxas e o litoral há tempo
para o fogo, e não há no fogo calor
que não seja sincero sincero sincero

3.
O desejo é tão dinossáurico
como a palavra

Jardim das Musas

> *Tu es le grand soleil qui me monte à la tête*
> Paul Éluard

1.
Não me alertaste para a queda   nem para o golpe
no fazer. Sequer um aviso
uma carta
um bilhete
postal
e indignas-te quando constato   que aquilo que me enreda
merece
no mínimo
a dedicação e o espetáculo
de uma pistola de foguete
em navio estanco

Patrícia Patrícia Patrícia   o amor grande em tanto
menino e diabólico   chegou

E assim eu teria podido
preparar
o meu hino bucólico
apostólico
idolátrico

Aqui estou porém   e não há rima que me salve
de guarda-chuva   num vendaval

2.
P: Musa, pago-te com cachaça, e preciso de quem
rodeios sem, me ampare este tropeço adolescente

M: que morras afogada que compres uma boia
estou ocupadíssima: redondilhas, o Luís, Troia

3.
Talarica talarica talarica
onça, onça

Tua voz tão tosca
nos meus lábios erráticos
e hemisféricos

Penedo da Saudade

Ando lindíssima contigo
no invisível
e por isso inventei para ti
uma ilha

Ando a desperdiçar beleza longe
da tua casa
e por isso inventei para ti
uma ilha

Se fluvial
vulcânica
lacustre
ou continental
não sei

e por isso inventei para ti
uma ilha

Nossa Senhora do Convívio

Quero o desastre, a fome e o feio das horas dos dias
do mês do ano a conhecer-te. Olá
como és quando acordas? Como será ver-te despir?
Há tantos modos de livrar-se de um casaco.
Quero contar nuvens contigo no campo, o número
exato de andorinhas a sobrevoarem as nossas cabeças
e que me peças, vem dormir na minha cama hoje?
e que eu, como quem foge, possa dizer: bem, não sei
mas sei, e vou. Servir-te o vinho, cortar as batatas
da tua sopa, o que importa, bonita, o que importa
é ver-te feliz, beijar-te o nariz, intrometer-me entre ti
e a loiça, dizer-te que morro de medo de baratas
e abraçar-te para confundir as minhas pernas
com as tuas, e ficarmos assim as duas

debaixo
do sol
eternas

Pico das Incertezas

Mas parece que te foste. Dizem as velhas da praia
que não voltas, e estão roucas, tão roucas
que não entendo o que falam depois: que te cansaste
que apanhaste um escaldão, ou os dois? Porque
de repente, eu ganhei a forma de um corpo
que respira
e se obriga
ao canto torto

e como todos os tortos
a andar na diagonal
e comovida
por andar na diagonal

[EPÍLOGO]

Quando Helena deixou a Lacedemónia, Alceu declarou-a culpada. E todos concordaram.

Menos os que achavam que ela tinha sido raptada e Safo, que disse:
— Foi por amor e por amor, quem não teria ido?

Quando Aristófanes decidiu falar de amor, falou de corpos-esfera, que, por serem um e não dois, Zeus cortou ao meio. O que explica, aliás, os olhos e os orifícios do nariz, do umbigo ou do ânus e a vontade feroz de amar e ser amado, de foder e ser fodido até ao orgasmo que, declarou também Aristófanes, recupera, por breves segundos, a nossa origem arredondada.

Como um ovo, uma bola de pingue-pongue ou uma ilha.

A ilha das afeições foi escrita e composta durante maio e junho de 2023 entre Nova York e New Haven e terminada no aeroporto internacional John F. Kennedy.

A sua versão em áudio está disponível em https://www.patricialino.com/a-ilha-das-afeicoes.

Copyright © 2023 Patrícia Lino

Todos os direitos reservados. Nenhuma parte desta obra pode ser reproduzida, arquivada ou transmitida de nenhuma forma ou por nenhum meio sem a permissão expressa e por escrito da Editora Fósforo e da Luna Parque Edições.

EQUIPE DE PRODUÇÃO
Ana Luiza Greco, Cristiane Alves Avelar, Fernanda Diamant, Julia Monteiro, Juliana de A. Rodrigues, Leonardo Gandolfi, Marília Garcia, Millena Machado, Rita Mattar, Rodrigo Sampaio, Zilmara Pimentel
REVISÃO Eduardo Russo
IMAGEM DA CAPA "A ilha das afeições" (2023), por Patrícia Lino
PROJETO GRÁFICO Alles Blau
EDITORAÇÃO ELETRÔNICA Página Viva

A marca FSC® é a garantia de que a madeira utilizada na fabricação do papel deste livro provém de florestas gerenciadas de maneira ambientalmente correta, socialmente justa e economicamente viável e de outras fontes de origem controlada.

FSC MISTO
Papel | Apoiando o manejo florestal responsável
FSC® C011095

ipsis

Dados Internacionais de Catalogação na Publicação (CIP)
(Câmara Brasileira do Livro, SP, Brasil)

Lino, Patrícia
 A ilha das afeições / Patrícia Lino.. — 1. ed. — São Paulo :
Círculo de poemas, 2023.

ISBN: 978-65-84574-84-7

1. Poesia brasileira I. Título.

23-164740   CDD — B869.1

Índice para catálogo sistemático:
1. Poesia : Literatura brasileira   B869.1

Aline Graziele Benitez — Bibliotecária — CRB-1/3129

CÍRCULO *Luna Parque*
DE POEMAS *Fósforo*

circulodepoemas.com.br
lunaparque.com.br
fosforoeditora.com.br

Editora Fósforo
Rua 24 de Maio, 270/276, 10º andar
01041-001 — São Paulo/SP — Brasil

CÍRCULO *Luna Parque*
DE POEMAS *Fósforo*

LIVROS

1. **Dia garimpo**
Julieta Barbara
2. **Poemas reunidos**
Miriam Alves
3. **Dança para cavalos**
Ana Estaregui
4. **História(s) do cinema**
Jean-Luc Godard
(trad. Zéfere)
5. **A água é uma máquina do tempo**
Aline Motta
6. **Ondula, savana branca**
Ruy Duarte de Carvalho
7. **rio pequeno**
floresta
8. **Poema de amor pós-colonial**
Natalie Diaz
(trad. Rubens Akira Kuana)
9. **Labor de sondar [1977-2022]**
Lu Menezes
10. **O fato e a coisa**
Torquato Neto
11. **Garotas em tempos suspensos**
Tamara Kamenszain
(trad. Paloma Vidal)
12. **A previsão do tempo para navios**
Rob Packer
13. **PRETOVÍRGULA**
Lucas Litrento
14. **A morte também aprecia o jazz**
Edimilson de Almeida Pereira
15. **Holograma**
Mariana Godoy
16. **A tradição**
Jericho Brown
(trad. Stephanie Borges)
17. **Sequências**
Júlio Castañon Guimarães
18. **Uma volta pela lagoa**
Juliana Krapp
19. **Tradução da estrada**
Laura Wittner
(trad. Estela Rosa e Luciana di Leone)
20. **Paterson**
William Carlos Williams
(trad. Ricardo Rizzo)

PLAQUETES

1. **Macala**
Luciany Aparecida
2. **As três Marias no túmulo de Jan Van Eyck**
Marcelo Ariel
3. **Brincadeira de correr**
Marcella Faria
4. **Robert Cornelius, fabricante de lâmpadas, vê alguém**
Carlos Augusto Lima
5. **Diquixi**
Edimilson de Almeida Pereira
6. **Goya, a linha de sutura**
Vilma Arêas
7. **Rastros**
Prisca Agustoni
8. **A viva**
Marcos Siscar
9. **O pai do artista**
Daniel Arelli
10. **A vida dos espectros**
Franklin Alves Dassie
11. **Grumixamas e jaboticabas**
Viviane Nogueira
12. **Rir até os ossos**
Eduardo Jorge
13. **São Sebastião das Três Orelhas**
Fabrício Corsaletti
14. **Takimadalar, as ilhas invisíveis**
Socorro Acioli
15. **Braxília não-lugar**
Nicolas Behr
16. **Brasil, uma trégua**
Regina Azevedo
17. **O mapa de casa**
Jorge Augusto
18. **Era uma vez no Atlântico Norte**
Cesare Rodrigues
19. **De uma a outra ilha**
Ana Martins Marques
20. **O mapa do céu na terra**
Carla Miguelote

Você já é assinante do Círculo de poemas?

Escolha sua assinatura e receba todo mês em casa nossas caixinhas contendo 1 livro e 1 plaquete.

Visite nosso site e saiba mais:
www.circulodepoemas.com.br

CÍRCULO *Luna Parque*
DE POEMAS *Fósforo*

Este livro foi composto em GT Alpina e GT Flexa e impresso pela gráfica Ipsis em agosto de 2023. E sabei que, segundo o amor tiverdes, tereis o entendimento de meus versos!